AF390453

HÉSIODE ÉDITIONS

THÉOPHILE GAUTIER

La Pipe d'opium

Hésiode éditions

22 rue Gabrielle Josserand - 93500 Pantin.
ISBN 978-2-38512-240-9
Dépôt légal : Mars 2024

Impression Books on Demand GmbH

In de Tarpen 42
22848 Norderstedt, Allemagne

La Pipe d'opium

L'autre jour, je trouvai mon ami Alphonse Karr assis sur son divan, avec une bougie allumée, quoiqu'il fît grand jour, et tenant à la main un tuyau de bois de cerisier muni d'un champignon de porcelaine sur lequel il faisait dégoutter une espèce de pâte brune assez semblable à de la cire à cacheter ; cette pâte flambait et grésillait dans la cheminée du champignon, et il aspirait par une petite embouchure d'ambre jaune la fumée qui se répandait ensuite dans la chambre avec une vague odeur de parfum oriental.

Je pris, sans rien dire, l'appareil des mains de mon ami, et je m'ajustai à l'un des bouts ; après quelques gorgées, j'éprouvai une espèce d'étourdissement qui n'était pas sans charmes et ressemblait assez aux sensations de la première ivresse.

Étant de feuilleton ce jour-là, et n'ayant pas le loisir d'être gris, j'accrochai la pipe à un clou et nous descendîmes dans le jardin dire bonjour aux dahlias et jouer un peu avec Schutz, heureux animal qui n'a d'autre fonction que d'être noir sur un tapis de vert gazon.

Je rentrai chez moi, je dînai, et j'allai au théâtre subir je ne sais quelle pièce, puis je revins me coucher, car il faut bien en arriver là, et faire, par cette mort de quelques heures, l'apprentissage de la mort définitive.

L'opium que j'avais fumé, loin de produire l'effet somnolent que j'en attendais, me jetait en des agitations nerveuses comme du café violent, et je tournais dans mon lit en façon de carpe sur le gril ou de poulet à la broche, avec un perpétuel roulis de couvertures, au grand mécontentement de mon chat roulé en boule sur le coin de mon édredon.

Enfin, le sommeil longtemps imploré ensabla mes prunelles de sa poussière d'or, mes yeux devinrent chauds et lourds, je m'endormis.

Après une ou deux heures complètement immobiles et noires, j'eus un rêve.

— Le voici :

Je me retrouvai chez mon ami Alphonse Karr, — comme le matin, dans la réalité ; il était assis sur son divan de lampas jaune, avec sa pipe et sa bougie allumée ; seulement le soleil ne faisait pas voltiger sur les murs, comme des papillons aux mille couleurs, les reflets bleus, verts et rouges des vitraux.

Je pris la pipe de ses mains, ainsi que je l'avais fait quelques heures auparavant, et je me mis à aspirer lentement la fumée enivrante.

Une mollesse pleine de béatitude ne tarda pas à s'emparer de moi, et je sentis le même étourdissement que j'avais éprouvé en fumant la vraie pipe.

Jusque-là mon rêve se tenait dans les plus exactes limites du monde habitable, et répétait, comme un miroir, les actions de ma journée.

J'étais pelotonné dans un tas de coussins, et je renversais paresseusement ma tête en arrière pour suivre en l'air les spirales bleuâtres, qui se fondaient en brume d'ouate, après avoir tourbillonné quelques minutes.

Mes yeux se portaient naturellement sur le plafond, qui est d'un noir d'ébène, avec des arabesques d'or.

À force de le regarder avec cette attention extatique qui précède les visions, il me parut bleu, mais d'un bleu dur, comme un des pans du manteau de la Nuit.

« Vous avez donc fait repeindre votre plafond en bleu ? dis-je à Karr, qui, toujours impassible et silencieux, avait embouché une autre pipe et rendait plus de fumée qu'un tuyau de poêle en hiver, ou qu'un bateau à vapeur dans une saison quelconque.

— Nullement, mon fils, répondit-il en mettant son nez hors du nuage ; mais vous m'avez furieusement la mine de vous être à vous-même peint l'estomac en rouge, au moyen d'un bordeaux plus ou moins laffitte.

— Hélas ! que ne dites-vous la vérité ; mais je n'ai bu qu'un misérable verre d'eau sucrée, où toutes les fourmis de la terre étaient venues se désaltérer : une école de natation d'insectes.

« — Le plafond s'ennuyait apparemment d'être noir, il s'est mis en bleu ; après les femmes, je ne connais rien de plus capricieux que les plafonds : c'est une fantaisie de plafond, voilà tout, rien n'est plus ordinaire. »

Cela dit, Karr rentra son nez dans le nuage de fumée, avec la mine satisfaite de quelqu'un qui a donné une explication limpide et lumineuse.

Cependant je n'étais qu'à moitié convaincu, et j'avais de la peine à croire les plafonds aussi fantastiques que cela, et je continuais à regarder celui que j'avais au-dessus de ma tête, non sans quelque sentiment d'inquiétude.

Il bleuissait, il bleuissait comme la mer à l'horizon, et les étoiles commençaient à y ouvrir leurs paupières aux cils d'or ; ces cils, d'une extrême ténuité, s'allongeaient jusque dans la chambre qu'ils remplissaient de gerbes prismatiques.

Quelques lignes noires rayaient cette surface d'azur, et je reconnus bientôt que c'étaient les poutres des étages supérieurs de la maison devenue transparente.

Malgré la facilité que l'on a en rêve d'admettre comme naturelles les choses les plus bizarres, tout ceci commençait à me paraître un peu louche et suspect, et je pensai que si mon camarade Esquiros le Magicien était là, il me donnerait des explications plus satisfaisantes que celles de mon ami Alphonse Karr.

Comme si cette pensée eût eu la puissance d'évocation, Esquiros se présenta soudain devant nous, à peu près comme le barbet de Faust qui sort de derrière le poêle.

Il avait le visage fort animé et l'air triomphant, et il disait, en se frottant les mains :

« Je vois aux antipodes, et j'ai trouvé la mandragore qui parlc. »

Cette apparition me surprit, et je dis à Karr :

« Ô Karr ! concevez-vous qu'Esquiros, qui n'était pas là tout à l'heure, soit entré sans qu'on ait ouvert la porte ?

— Rien n'est plus simple, répondit Karr. L'on entre par les portes fermées, c'est l'usage ; il n'y a que les gens mal élevés qui passent par les portes ouvertes. Vous savez bien qu'on dit comme injure : « Grand enfonceur de portes ouvertes. »

Je ne trouvai aucune objection à faire contre un raisonnement si sensé, et je restai convaincu qu'en effet la présence d'Esquiros n'avait rien que de fort explicable et de très légal en soi-même.

Cependant il me regardait d'un air étrange, et ses yeux s'agrandissaient d'une façon démesurée ; ils étaient ardents et ronds comme des boucliers chauffés dans une fournaise, et son corps se dissipait et se noyait dans l'ombre, de sorte que je ne voyais plus de lui que ses deux prunelles flamboyantes et rayonnantes.

Des réseaux de feu et des torrents d'effluves magnétiques papillotaient et tourbillonnaient autour de moi, s'enlaçant toujours plus inextricablement et se resserrant toujours ; des fils étincelants aboutissaient à chacun de mes pores et s'implantaient dans ma peau à peu près comme les cheveux dans la tête. J'étais dans un état de somnambulisme complet.

Je vis alors des petits flocons blancs qui traversaient l'espace bleu du plafond comme des touffes de laine emportées par le vent, ou comme un collier de colombe qui s'égrène dans l'air.

Je cherchais vainement à deviner ce que c'était, quand une voix basse et brève me chuchota à l'oreille, avec un accent étrange : — Ce sont des esprits !!! Les écailles de mes yeux tombèrent ; les vapeurs blanches prirent des formes plus précises, et j'aperçus distinctement une longue file de figures voilées qui suivaient la corniche, de droite à gauche, avec un mouvement d'ascension très prononcé, comme si un souffle impérieux les soulevait et leur servait d'aile.

À l'angle de la chambre, sur la moulure du plafond, se tenait assise une forme de jeune fille enveloppée dans une large draperie de mousseline.

Ses pieds, entièrement nus, pendaient nonchalamment croisés l'un sur l'autre ; ils étaient, du reste, charmants, d'une petitesse et d'une transparence qui me firent penser à ces beaux pieds de jaspe qui sortent si blancs et si purs de la jupe de marbre noir de l'Isis antique du musée.

Les autres fantômes lui frappaient sur l'épaule en passant, et lui disaient :

« Nous allons dans les étoiles, viens donc avec nous. »

L'ombre au pied d'albâtre leur répondait :

« Non ! je ne veux pas aller dans les étoiles ; je voudrais vivre six mois encore. »

Toute la file passa, et l'ombre resta seule, balançant ses jolis petits pieds, et frappant le mur de son talon nuancé d'une teinte rose, pâle et tendre comme le cœur d'une clochette sauvage ; quoique sa figure fût voilée, je la sentais jeune, adorable et charmante, et mon âme s'élançait de son côté, les bras tendus, les ailes ouvertes.

L'ombre comprit mon trouble par intuition ou sympathie, et dit d'une voix douce et cristalline comme un harmonica :

« Si tu as le courage d'aller embrasser sur la bouche celle qui fut moi, et dont le corps est couché dans la ville noire, je vivrai six mois encore, et ma seconde vie sera pour toi. »

Je me levai, et me fis cette question : à savoir, si je n'étais pas le jouet de quelque illusion, et si tout ce qui se passait n'était pas un rêve.

C'était une dernière lueur de la lampe de la raison éteinte par le sommeil.

Je demandai à mes deux amis ce qu'ils pensaient de tout cela.

L'imperturbable Karr prétendit que l'aventure était commune, qu'il en avait eu plusieurs du même genre, et que j'étais d'une grande naïveté de m'étonner de si peu.

Esquiros expliqua tout au moyen du magnétisme.

« Allons, c'est bien, je vais y aller ; mais je suis en pantoufles…

— Cela ne fait rien, dit Esquiros, je pressens une voiture à la porte. »

Je sortis, et je vis, en effet, un cabriolet à deux chevaux qui semblait attendre. Je montai dedans.

Il n'y avait pas de cocher. — Les chevaux se conduisaient eux-mêmes ; ils étaient tout noirs, et galopaient si furieusement que leurs croupes s'abaissaient et se levaient comme des vagues, et que des pluies d'étincelles pétillaient derrière eux.

Ils prirent d'abord la rue de La Tour-d'Auvergne, puis la rue Bellefonds, puis la rue La Fayette, et, à partir de là, d'autres rues dont je ne sais pas les noms.

À mesure que la voiture allait, les objets prenaient autour de moi des formes étranges : c'étaient des maisons rechignées, accroupies au bord du chemin comme de vieilles filandières, des clôtures en planches, des réverbères qui avaient l'air de gibets à s'y méprendre ; bientôt les maisons disparurent tout à fait, et la voiture roulait dans la rase campagne.

Nous filions à travers une plaine morne et sombre ; — le ciel était très bas, couleur de plomb, et une interminable procession de petits arbres fluets courait, en sens inverse de la voiture, des deux côtés du chemin ; l'on eût dit une armée de manches à balai en déroute.

Rien n'était sinistre comme cette immensité grisâtre que la grêle silhouette des arbres rayait de hachures noires : — pas une étoile ne brillait, aucune paillette de lumière n'écaillait la profondeur blafarde de cette demi-obscurité.

Enfin, nous arrivâmes à une ville, à moi inconnue, dont les maisons d'une architecture singulière, vaguement entrevue dans les ténèbres, me parurent d'une petitesse à ne pouvoir être habitées ; — la voiture, quoique beaucoup plus large que les rues qu'elle traversait, n'éprouvait aucun retard ; les maisons se rangeaient à droite et à gauche comme des passants effrayés et laissaient le chemin libre.

Après plusieurs détours, je sentis la voiture fondre sous moi, et les chevaux s'évanouirent en vapeurs ; j'étais arrivé.

Une lumière rougeâtre filtrait à travers les interstices d'une porte de bronze qui n'était pas fermée ; je la poussai, et je me trouvai dans une salle basse dallée de marbre blanc et noir et voûtée en pierre. Une lampe antique, posée sur un socle de brèche violette, éclairait d'une lueur blafarde une figure couchée, que je pris d'abord pour une statue comme celles qui dorment, les mains jointes, un lévrier aux pieds, dans les cathédrales gothiques ; mais je reconnus bientôt que c'était une femme réelle.

Elle était d'une pâleur exsangue, et que je ne saurais mieux comparer qu'au ton de la cire vierge jaunie ; ses mains, mates et blanches comme des hosties, se croisaient sur son cœur ; ses yeux étaient fermés, et leurs cils s'allongeaient jusqu'au milieu des joues ; tout en elle était mort : la bouche seule, fraîche comme une grenade en fleur, étincelait d'une vie riche et pourprée, et souriant à demi comme dans un rêve heureux.

Je me penchai vers elle, je posai ma bouche sur la sienne, et je lui donnai le baiser qui devait la faire revivre.

Ses lèvres humides et tièdes, comme si le souffle venait à peine de les abandonner, palpitèrent sous les miennes, et me rendirent mon baiser avec une ardeur et une vivacité incroyables.

Il y a ici une lacune dans mon rêve, et je ne sais comment je revins de la ville noire ; probablement à cheval sur un nuage ou sur une chauve-souris gigantesque. — Mais je me souviens parfaitement que je me trouvai avec Karr dans une maison qui n'est ni la sienne ni la mienne, ni aucune de celles que je connais.

Cependant tous les détails intérieurs, tout l'aménagement m'étaient extrêmement familiers ; je vois nettement la cheminée dans le goût de Louis XVI, le paravent à ramages, la lampe à garde-vue vert et les étagères pleines de livres aux angles de la cheminée.

J'occupais une profonde bergère à oreillettes, et Karr, les deux talons appuyés sur le chambranle, assis sur les épaules et presque sur la tête, écoutait d'un air piteux et résigné le récit de mon expédition que je regardais moi-même un rêve.

Tout à coup un violent coup de sonnette se fit entendre, et l'on vint m'annoncer qu'une dame désirait me parler.

« Faites entrer la dame, » répondis-je, un peu ému et pressentant ce qui allait arriver.

Une femme vêtue de blanc, et les épaules couvertes d'un mantelet noir, entra d'un pas léger et vint se placer dans la pénombre lumineuse projetée par la lampe.

Par un phénomène très singulier, je vis passer sur sa figure trois physionomies différentes : elle ressembla un instant à Malibran, puis à M…, puis à celle qui disait aussi qu'elle ne voulait pas mourir, et dont le dernier mot fut : « Donnez-moi un bouquet de violettes. »

Mais ces ressemblances se dissipèrent bientôt comme une ombre sur un miroir, les traits du visage prirent de la fixité et se condensèrent, et je reconnus la morte que j'avais embrassée dans la ville noire.

Sa mise était extrêmement simple, et elle n'avait d'autre ornement qu'un cercle d'or dans ses cheveux, d'un brun foncé, et tombant en grappes d'ébène le long de ses joues unies et veloutées.

Deux petites taches roses empourpraient le haut de ses pommettes, et ses yeux brillaient comme des globes d'argent bruni ; elle avait, du reste, une beauté de camée antique, et la blonde transparence de ses chairs ajoutait encore à la ressemblance.

Elle se tenait debout devant moi, et me pria, demande assez bizarre, de lui dire son nom.

Je lui répondis sans hésiter qu'elle se nommait Carlotta, ce qui était vrai ; ensuite elle me raconta qu'elle avait été chanteuse, et qu'elle était morte si jeune, qu'elle ignorait les plaisirs de l'existence, et qu'avant d'aller s'enfoncer pour toujours dans l'immobile éternité, elle voulait jouir de la beauté du monde, s'enivrer de toutes les voluptés et se plonger dans l'océan des joies terrestres ; qu'elle se sentait une soif inextinguible de vie et d'amour.

Et, en disant tout cela avec une éloquence d'expression et une poésie qu'il n'est pas en mon pouvoir de rendre, elle nouait ses bras en écharpe autour de mon cou et entrelaçait ses mains fluettes dans les boucles de mes cheveux.

Elle parlait en vers d'une beauté merveilleuse, où n'atteindraient pas les plus grands poètes éveillés, et quand le vers ne suffisait plus pour rendre sa pensée, elle lui ajoutait les ailes de la musique, et c'était des roulades, des colliers de notes plus pures que des perles parfaites, des tenues de voix, des sons filés bien au-dessus des limites humaines, tout ce que l'âme et l'esprit peuvent rêver de plus tendre, de plus adorablement coquet, de plus amoureux, de plus ardent, de plus ineffable.

« Vivre six mois, six mois encore, » était le refrain de toutes ses cantilènes.

Je voyais très clairement ce qu'elle allait dire, avant que la pensée arrivât de sa tête ou de son cœur jusque sur ses lèvres, et j'achevais moi-même le vers ou le chant commencés ; j'avais pour elle la même transparence, et elle lisait en moi couramment.

Je ne sais pas où se seraient arrêtées ces extases que ne modérait plus la présence de Karr, lorsque je sentis quelque chose de velu et de rude qui me passait sur la figure ; j'ouvris les yeux, et je vis mon chat qui frottait sa moustache à la mienne en manière de congratulation matinale, car l'aube tamisait à travers les rideaux une lumière vacillante.

C'est ainsi que finit mon rêve d'opium, qui ne me laissa d'autre trace qu'une vague mélancolie, suite ordinaire de ces sortes d'hallucinations.